2019 臉書截句選

不枯萎的 鐘聲

白靈 主編

【總序】
不忘初心

李瑞騰

　　詩社是一些寫詩的人集結成為一個團體。「一些」是多少？沒有一個地方有規範；寫詩的人簡稱「詩人」，沒有證照，當然更不是一種職業；集結是一個什麼樣的概念？通常是有人起心動念，時機成熟就發起了，找一些朋友來參加，他們之間或有情誼，也可能理念相近，可以互相切磋詩藝，有時聚會聊天，東家長西家短的，然後他們可能會想辦一份詩刊，作為公共平台，發表詩或者關於詩的意見，也開放給非社員投稿；看不順眼，或聽不下去，就可能論爭，有單挑，有打群架，總之熱鬧滾滾。

　　作為一個團體，詩社可能會有組織章程、同仁

公約等，但也可能什麼都沒有，很多事說說也就決定了。因此就有人說，這是剛性的，那是柔性的；依我看，詩人的團體，都是柔性的，當然程度是會有所差別的。

「臺灣詩學季刊雜誌社」看起來是「雜誌社」，但其實是「詩社」，一開始辦了一個詩刊《臺灣詩學季刊》（出了四十期），後來多發展出《吹鼓吹詩論壇》，原來的那個季刊就轉型成《臺灣詩學學刊》。我曾說，這一社兩刊的形態，在臺灣是沒有過的；這幾年，又致力於圖書出版，包括吹鼓吹詩叢、同仁詩集、選集、截句系列、詩論叢等，迄今已出版超過一百本了。

根據彙整的資料，2019年共有12本書（未含蘇紹連主編的3本吹鼓吹詩叢）出版：

一、截句詩系

王仲煌主編／《千島詩社截句選》

於淑雯主編／《放肆詩社截句選》

卡夫、寧靜海主編／《淘氣書寫與帥氣閱讀：截句解
讀一百篇》

白靈主編／《不枯萎的鐘聲：2019臉書截句選》

二、臺灣詩學同仁詩叢

離畢華詩集／《春泥半分花半分》（臺灣新俳壹百句）

朱天詩集／《沼澤風》

王婷詩集／《帶著線條旅行》

曾美玲詩集／《未來狂想曲》

三、臺灣詩學詩論叢

林秀赫／《巨靈：百年新詩形式的生成與建構》

余境熹／《卡夫城堡──「誤讀」的詩學》

蕭蕭、曾秀鳳主編／《截句課》（明道博士班生集稿）

白靈／《水過無痕詩知道》

　　截句推行幾年，已往境外擴展，往更年輕的世
代扎根了，選本增多，解讀、論述不斷加強，去年和

東吳大學中文系合辦的「現代截句詩學研討會」（發表兩場主題演講、十六篇論文），其中有四篇論文以「截句專輯」刊於《臺灣詩學學刊》33期（2019年5月）。它本不被看好，但從創作到論述，已累積豐厚的成果，「截句學」已是臺灣現代詩學的顯學，殆無可疑慮。

　　「臺灣詩學詩論叢」前面二輯皆同仁之作，今年四本，除白靈《水過無痕詩知道》外，蕭蕭《截句課》是編的，作者群是他在明道大學教的博士生們，余境熹和林秀赫（許舜傑／2017年臺灣詩學研究獎得主）都非同仁。

　　至於這一次新企劃的「同仁詩叢」，主要是想取代以前的書系，讓同仁更有歸屬感；值得一提的是，白靈建議我各以十問來讓作者回答，以幫助讀者更清楚更深刻認識詩人，我覺得頗有意義，就試著做了，希望真能有所助益。

　　詩之為藝，語言是關鍵，從里巷歌謠之俚俗與迴環復沓，到講究聲律的「欲使宮羽相變，低昂互

節，若前有浮聲，則後須切響」（《宋書・謝靈運傳論》），這是寫詩人自己的素養和能力；一但集結成社，團隊的力量就必須出來，至於把力量放在哪裡？怎麼去運作？共識很重要，那正是集體的智慧。

　　臺灣詩學季刊社將不忘初心，在應行可行之事上面，全力以赴。

【主編序】
當鐘聲像花朵一樣打開

白靈

　　誰能記下一株草從冒芽到寂滅的所有過程？誰來完整地覺察一珠露由凝結成圓至消散無痕的詳實蹤跡？沒有人可以完全記錄自己的一生，由外緣到內覺的一切都不行，即使意識流的曲線都畫不出來。

　　於是所有能以語言記錄的事物都是有限的，再多的細節也均是概括性的，只因語言還是人類所有現存工具中最現成最便捷的利器，但面對自己的一日一月一年的生活和漫長的一生，卻往往又覺不是錯綜紛雜就是索然乏味，不知如何下手。幸好還有文學存在，但不論哪種文類，也都只是生命偶然的、或長或短的「截句」，小說只是比較多細節和重組的「人生的截

句」乃至「時代的截句」。詩亦然，只是出以更凝練的語言而已。

　　近年出現的極短的「截句體」或「微詩體」可說是承百年「小詩不死」、繼「絕句傳統」的精神而來。臺灣自2017年初在蘇紹連創建多年的「facebook詩論壇」上興起「截句風潮」，到了年底由筆者自5,300首選出編選了《臺灣詩學截句選300首》出版，此選集包括自2017年1月至6月底發表於臉書網頁的280首、與《聯合報》副刊合作「詩人節截句競寫」和「讀報截句競寫」的作品20首。2018年年底筆者又編選了《魚跳：2018臉書截句選300首》出版，包括2017年7月至2018年6月底的6,500首選出270首，與《聯合報》副刊合作三次的截句比賽中選出30首（「小說截句競寫」、「春之截句競寫」、「電影截句競寫」得獎作品）。

　　今年筆者第三度編選了《不枯萎的鐘聲：2019臉書截句選》，共由7,200首中收入292首詩，包括：（1）自2018年7月至2019年6月底的臉書網頁選出222

首；（2）2018年與《聯合報》副刊合作的最後一次
截句比賽中選出10首（「禪之截句競寫」，由蕭蕭、
白靈在「聯合副刊文學遊藝場」擔任版主，直接複審
及決審，複審還分三階段，每次選出十餘首，同時公
佈於上述兩網頁，決審得獎作品10首及蕭蕭撰寫的
評選觀察文章再刊於副刊及網頁）；（3）2019年由
「facebook詩論壇」與「吹鼓吹詩論壇」合辦的三次
的截句比賽中則選出60首（「攝影截句競寫」、「器
物截句競寫」、「茶之截句競寫」之得獎作品，每次
複審決審各邀兩位詩人，複審有葉子鳥、寧靜海、靈
歌、葉莎、朱天等，決審有蘇紹連、蕭蕭、白靈、陳
政彥等）。此即2019年臉書截句選成書的梗概。

　　轉眼截句在「facebook詩論壇」上熱炒了三年，
發表了近兩萬首截句，當大家逐漸習慣這種書寫形式
時，就已獲得諸多詩友某種程度的認同。這樣的截句
形式若有眾多詩友願意繼續熱情寫下去，那麼每一年
編個一本截句選就一直有那個可能，但截句競寫會暫
告一段落，至少歇個腳、喘口氣。

　　然而被敲過的鐘聲就會熄滅嗎？開在心裡的花
朵誰可令它枯萎呢？「誰能製作一口鐘，敲回已逝的
時光？」（狄更斯），截句的小鐘早已製作好它的形
貌，不同風格的截句如同不同音質和相異聲波的鐘，
製作精良的、細心打造的，已被懸掛在臉書四處，至
少在這三年的三本《臉書截句選》中，正等待你的敲
叩，當鐘聲像花朵一樣打開，其色澤、形態和香味迥
異，小心襲擊你沒有防備的感官。你聽，每一朵不都
是不會枯萎的鐘聲？！

目　次

輯一｜2018年7~8月截句選

7月截句選

8月截句選

輯二 ｜2018年9~10月截句選

9月截句選

輯三｜2018年11~12月截句選

11月截句選

看今天的娛樂頭條。

有秋風籟籟，有火，

12月截句選

輯四 | 2019年1~2月截句選

1月截句選

輯五｜2019年3~4月截句選

3月截句選

4月截句選

輯六｜2019年5~6月截句選

5月截句選

輯七｜截句競寫得獎作品

2018年7~8月截句選

7月截句選

詹澈
俘虜

被整座山俘虜的碉堡，在被埋葬前
還以頑固的姿勢守衛東海岸
新資本的開發充滿美麗的動詞
碉堡老邁的傾斜肩膀，雙眼布滿血絲

2018年7月3日

林廣

蠶

把自己啃到天荒地老
才赫然驚覺
這輩子都在為別人
作嫁衣

2018年7月4日

和權

燃一炷香

輕煙

嬝嬝

相思遂有了形狀

2018年7月4日

林廣
對鏡

鏡子是個慈祥的分析師
精準繪製我日線月線年線的悲喜
同時他是詐欺師從來不讓我知道
困惑　一直站在時光的反面

2018年7月6日

ShauWei Hsu
兩段式思辯

為了安全，我
先停止思考，在待轉區，這邊等
再開啟一半嘴唇
禮讓假事實，真謊言，優先通過

2018年7月6日

林廣
曠野

你從我的曠野取走所有聲音
不用任何儀式
也不管少了音聲作肋骨
我還能不能　　活下去

2018年7月7日

王勇

截球

足球員在奔跑中寫截句
攔截對手的帶球過人
守門員淩空飛撲，接住
一粒衝擊力驚人的好詩

2018年7月7日

趙紹球
影子

死賴不走的另一半

只要與黑暗結伴

就能把你完全

吞噬

2018年7月8日

許哲偉
一首詩框住孤獨

時間鐐銬著早晨跳舞

緩步放風一首詩

任性的文字，不自由

我只負責侷限意象奔跑過度

　　　　──截自〈侷限的出路〉

　　　　　　2018年7月9日

和權

給妳

思念如鬍鬚。剃了再
長，長了再剃，沒完
沒了。今生，剃掉的鬍鬚
足以繞地球三圈

2018年7月10日

蒼僕
選舉

捧著夢丟入沸騰水鍋
再加入兩把乾柴助火
掀開完美的午餐
只看見茫茫煙霧

2018年7月10日

西馬諾
白日夢沒有難看臉色，
被我不幸遇見。

一幀散了隊形的夜晚

臀部發狂，腳下興奮著

神經佈滿濫情

自由球，腳下打開颱風

2018年7月10日

蘇榮超（Wingchiu Soo）
列車

各位乘客

請小心歲月和

遠方之間的空隙

下一站　鄉愁

2018年7月10日

呂白水（KC Lu）
夏日邂逅

收起閃光燈吧

穗花棋盤腳冒煙了

夜

竟聞香而來

2018年7月13日

蕓朵
新扇截句

像刪去一段變調的文字
一個句點，給一把彈壞的夏扇

私下藏著未完成的空白折面
你引墨色靜靜寫下今夜的心情

2018年7月14日

林廣
批評家

他在我的體內體外行走
要去了我的表情我的骨架我的魂魄
等我的意識潛意識整個崩塌
才滿意地在廢墟簽上他的名字

2018年7月18日

邱逸華
武俠

人之大者為俠，止戈武不武？
徒兒的骷髏堆疊出掌門師父
刀光舞不平江湖風雨
恩義藏在劍鞘裡

2018年7月18日

劉金雄

棄暗投明

天光微亮，夜迅速褪下

鏡子一夜未闔眼

指著我的髮憂心的說

棄暗投明的何止夜色

2018年7月22日

蘇紹連
上班男人
（街頭人物）

在街頭奔走趕上班的中年男人

梳髮是自慰動作

把昨夜枕上的夢

梳成左岸和右岸

2018年7月23日

溫智伸
夜襲

過了口紅的午夜

妳枕著剛解除管制的雙黃線

一隻測速朝我眨了眨眼

等等我過彎就進入妳的瀏海

2018年7月24日

和權
人間有情

青山對綠水說

你是你　我是我

綠水笑笑

繼續映照著青山

2018年7月24日

Argers Jiang
心願

若問餘生，最後的心願？
將妳，藏進我的名字裡。
人們喊我時，同時
喊著妳。

2018年7月26日

林廣
城市邊陲07

想在酒瓶裡，好好安置鄉愁
偏偏公寓狹窄，開不出風信子

每個夏夜。家鄉老是童言童語
爬出瓶子。跟我一起演相聲

2018年7月26日

靈歌
小隱

關掉台上台下的燈

剝下全身的皮

竟還聽見

有人喚你的名

2018年7月26日

洪木子
晨起

太陽從清晨的水珠中甦醒

水珠在我的心眼裡靜默

它鬆柔地放出光芒

照見一個角落的虛空

2018年7月28日

張子靈
分離這回事

空茫的背景

一道封鎖線　防守成真空

記憶鎖成了空域

歲月趕赴一程千嶺深水的長征

2018年7月28日

王勇
時間

夜裡頻頻翻身的夢，壓得
胸膛下的離情扁成一葉
小舟。月光悄悄勾動
它便游入黎明的眼眸

2018年7月30日

季閒
刺

為了痛醒理智
所以愛情長成玫瑰
為了愛撫沙漠的柔媚
仙人伸出掌

2018年7月31日

8月截句選

侯思平
心眼

即便在春雨打滑的任一水滴
也能行使緘默權
請讓讓，這裡是一粒灰塵的位置
在平行的宇宙開疆闢土

　　　　　　　　2018年8月2日

和權
絢爛

落日　不為眾海浪的掌聲
而絢爛。你不為點擊率寫
詩
黃昏時　霞光萬道就好

2018年8月2日

晴雨常瑛

借光

詩歌已奏起

借一草葉微光

讓文義渡河

虛字停泊

2018年8月5日

王勇
相思

夜夜，蚊子叮著我不放
醒來後，床上的
夢，又腫又癢

2018年8月6日

季閒
江湖2

從茫茫風塵中拔出自己的身影
浸泡在某間客棧的酒罈裡
耳邊依稀還有來不及醉倒的
三斤狂笑和四兩寂寞

2018年8月6日

洪木子
詩

詩是揭開謎底的紗　而謎底
永遠有無數的紗遮掩　為此
她善於偽裝
以便讓你以為已揭開了謎底

2018年8月7日

李瘦馬
讓我緊緊抱著你

把你的一生燒成灰

再偷偷把對你的思念一起放進去

沉沉的這骨甕呀

就放在我挖開的身體，最靠近心的櫃子

2018年8月8日

齊世楠
排油煙機

黃昏歸途的炊煙早淡入
烹飪史，成了村鄉的畫幅回憶。
煙囪交棒排油煙機，轉聲響起
當代廚房的稀珍備餐交響曲

2018年8月9日

李瘦馬
我愛的那個人

就只剩眼前這堆細碎的，骨
撿起這一塊，是我的心呀
撿起那一塊，是我的肝呀
鹹鹹的，是我空洞的眼，眼中的淚水

2018年8月9日

成孝華
再見

風穿越身體

山谷以聾啞回答風的嗚咽

曾有標記的河岸洗刷殆盡

一切毫無遺漏的一場出走

2018年8月10日

漫漁
很台的風

能做蝦米？天起肖的時候

把樹打到靠北，把雲氣到靠腰

自己再狂哭到

凍未條

2018年8月11日

季閒
英雄

幾響鑼鼓就敲下一溏水滸
兩杯高粱落拓一桌江湖
空杯　能盛幾兩豪情，有誰
能在掌聲未歇時就卸妝

2018年8月12日

胡淑娟
浪

每一座浪
都浮出了翅膀
在海　巨大的墳場
無聲飛翔

2018年8月17日

沐沐（Bruce Chen）
壽友

她癮著他的眼神

他戒不掉她的體味

發作時就找個洞穴剝光彼此

蛇在一起

2018年8月17日

李昆妙
博愛座

鏡中，青春逗留不去

我用力擠出一個空位

讓給歲月

好好老

2018年8月18日

漫漁
民意

他們的耳朵嗜甜　眼睛嗜血
他以舌尖吐蜜　手刃逆向的風
扔進籠中　餵飽一群
自以為是狼的　羊

　　　　　　2018年8月21日

季閒
禪外

新月在荷塘
洗三千年前容顏
妝鏡在案上
靜觀瓶花卸妝

2018年8月21日

李昆妙

石壁，早安

露珠，滑出葉的尖就圓了
一滴，小小的充滿山的
靜
溪水，尋聲而至

2018年8月24日

胡淑娟
已讀不回

山巒投遞了幾行影子

聊作為告白

河水睜著晶亮亮的眼瞳

拆解訊息為波紋，已讀不回

2018年8月25日

鐵人（Ttmc Chan.香港）
時光機

秒逼分逐時

日月交接不明白

誰是誰的影

2018年8月26日

劉金雄
閂

不過是紫禁城門後的一塊木頭
卻禁錮了整個
中國

2018年8月27日

蘇紹連

最後的書房
──〈書房截句〉五題之一

最後的書房

在遠方

他一生只為了抵達遠方

能坐成書堆裡的一盞小燈

2018年8月28日

季閒
舊鞋

走不動了
且讓街道先行離去
約好，在各自的廢墟
望向相同的黃昏

2018年8月29日

和權
抽煙的老人

什麼是人生？
他笑了：
把煙圈吐得更圓
更完整

2018年8月30日

七龍珠
空燒

無水還煮　器皿的乾渴

插電中的熱愛　你在哪兒

沙漠裡的玫瑰

這麼遠去的戀歌

2018年8月31日

靈歌
一個人的夜色

光影在天倫中孤兒

寂寞在荒蕪裡風暴

風雨在屋外演繹

書桌上一張兒時的照片

2018年8月31日

朱名慧
黑

忘了從什麼時候開始，一身
黑，將自己收進自己

在人群穿梭而不易被歡笑碰
撞。飛起來，在背光中消匿

2018年8月31日

2018年9~10月截句選

9月截句選

杜文賢
看不見黑暗的眼睛：陳光誠

夜封閉所有入口，要我

不能走近你

然而，在最黑的深處

一場光的暴動開始了

（陳光誠（1971年-），2006~2010年入獄，2012年成功出逃）

2018年9月2日

呂白水（KC Lu）
鬥志

暗黑，吞噬身軀

影子，留給路燈吸食

靈光一縷，與一首

一直無法完成的詩，纏鬥

2018年9月6日

胡淑娟
夜怕黑

夜怕黑
遂　在東方的嘴邊
叼起了弦月
那是一支紓解孤獨的香菸

2018年9月7日

胡淑娟
瑜珈

妳化身濡濕的蛇

纏繞扭曲

直到

擰乾自己為止

2018年9月8日

周忍星

動人的手術之一

我最欣賞的清晨：

一顆露珠

未破

將破之時

2018年9月8日

賴文誠
在火車上

不知道你們在哪一個關卡

或者在哪一個網頁下車

你們乘坐著手機

我站在車窗外的風景裡

2018年9月11日

西馬諾

像一本省電的舊護照，
在暗淡燈光下濺起一串浪花。

詩人永遠年輕又性感

花光引以為傲的年齡

喝一杯，聽你講很慢的故事

喝一杯，長出一隻貓的眼睛

2018年9月13日

朱名慧
颱風前

將每一片小小窗格，貼上X
確保安全，確保你不會看見
不會將我的心敲成碎片，不會
將我的世界捲起又拋墜

2018年9月15日

林廣
截句

小小尺寸。隱藏
歲月深深淺淺的轍痕
開展生命線條可能的
最大版本

2018年9月18日

周忍星
袖海

你往我袖裡塞

天光雲影

我依依不忍扯斷

海的衣袖

2018年9月20日

黃士洲
作家

時間在筆尖下　富有
每一秒三次方繁殖紙本上
黑色瀑布下不寧靜的河穿過右手臂
流出指尖的文字是一行一行　魚跳

2018年9月21日

林冬虹
想借個火嗎

一定要相信
什麼跟什麼的看久了
那東西一定能著火
我說對了吧慾火

2018年9月23日

莉倢
便祕

乾澀的夢

半夜醒轉

卡在中間

不上不下

2018年9月23日

漫漁
程式

浸透愛情後

擰乾冷的眼淚

攤晾　想開

再跳下

2018年9月26日

成孝華
無痕

你是箭

射透了露珠在月下飛梭

我是一灘你掠過的水

不留痕跡的

　　　2018年9月30日

10月截句選

胡淑娟

小三

心頭累積了七年的癢

唯有小三

這把神奇的如意

才能搔到癢處

附註：趕搭「如懿」的風潮

2018年10月2日

成孝華
貓奴

想像我成為你的夢
進入的時候躡足無聲
蜷貼著，逗舔著
醒在夢裡像王族等著你鏟屎

2018年10月9日

蔡永義
秋蟹

秋天橫著闖進來
七手八腳抖了一地黃色
笑話，風聽到有點冷
把尷尬的秋天，吹的面紅耳赤

2018年10月12日

蕭芷溪
稻草人

頭上的草帽搖搖欲墜

電線杆上的麻雀還在爭辯真偽

從回憶那頭走來的少女

把童年輕輕的追

2018年10月13日

胡淑娟
微波

蒼穹輻射著暗光

把這一盤盤

冷冷的夢

微波成清晨的鳥語

2018年10月19日

漫漁
討飯
——雅和王勇詩人「飯」系列截句

從來就是我佈施

而你只坐在路邊

看見愛情，就

敲敲空碗

2018年10月22日

許哲偉
吹響心中的笛

愛上一個人多麼象徵主義

響聲由遙且近一場夢境

刻意勒界的朦朧國度

將雲看成晚霞飛近

　　──截自〈牧神的黃昏〉

　　　　2018年10月24日

李瘦馬
老婆交待留在家裡掃地

接著，拖乾淨自己的心地

至於，拖不到的人性角落

就讓它髒著吧

嗯，拖乾淨是一種髒髒的想法

2018年10月26日

無花
島嶼

隨便找個地方坐下，像一首詩
站起來的時候是截句

而天生是一座山
再以海水將自己覆蓋

2018年10月26日

沐沐
明白

我想過
與其畢生竭力亮成一盞燈
不如學學燈下那隻狂喜的
蛾

2018年10月28日

李瘦馬
喝水就好好喝水

不要在鏡子裡看青春的花朵
魚兒在水泡照見自己
空寂無人大千這世界
樹子掉落，誰聽見？

2018年10月31日

2018年11~12月截句選

三

11月截句選

西馬諾
看今天的娛樂頭條。
有秋風簌簌，有火，
和嚴寒還有一堵高牆。

我不在乎狼藉是我自身

爬出再潛入另一紅壤，像只鼴鼠

鏡中認真看你說久違的唇

我有時也拆下我的臉，無人認領

2018年11月4日

陳珂
愛

在謊言的細胞中蠕動
嗜血偽裝的
分裂，複製，再生
如寄生蟲般的愛著

2018年11月7日

賴文誠
花瓶

沒有花的瓶子

再怎麼努力

也擺不出

春天的姿勢

2018年11月8日

許哲偉
觀井

圓圓一方天地

就坐著

月光悄來靜去

我是牢籠裡最心事的風

2018年11月8日

劉曉頤

幸福的未亡人

願你是幸福的未亡人

為永恆童話守墓

被傷憾削減為原初的尺寸

每當跟蹌，流出孩子香

——截自〈幸福的掘墓者〉

　　2018年11月9日

陳珂
窒息

連根拔起的寂寞

又被種回

六尺深的心坎裡

斑駁的像塊滲水的牆

2018年11月10日

林錦成
幽居

小站日逐濤聲
複寫晨昏情緒
開口的塑膠袋陡然飛起
聽命過站不停

2018年11月10日

12月截句選

張威龍
自大

高山睥睨人間
天只有他觸手可及
風笑而不答
微塵再度攻頂

2018年12月12日

邱逸華
成功嶺

寄來的最後一封信
貼著馬到成功的郵票

他含淚讀完。這一夜
嶺上的愛情墓園又多了一個牌位

2018年12月16日

邱逸華
出奇蛋

他們厭膩了平凡
渴望春藥、玩具和驚奇意象
天地玄黃，那麼多聰明空靈的蛋
母雞孵著不受精的卵，輕嘆

2018年12月21日

寧靜海
盛開之前

一陣風

抓起一把雲丟出山後

雀鳥驚散

山前的芒花只動了一下

2018年12月22日

趙紹球
假新聞

放出去，如一隻
四不像，給人
足夠的想像

起風了，丞相

2018年12月24日

2019年1~2月截句選

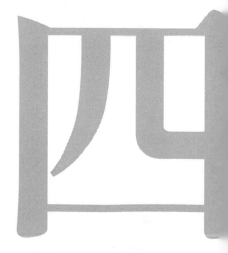

1月截句選

李瘦馬
水墨1

很淡很淡的墨色渲染出空間的深度
近景的長堤是一條粗黑的墨跡
獨立天地間的人有極細緻的輪廓
而傳來的雁鳴呀讓耳朵豎得直直的

2019年1月8日

許哲偉
中產階級

墊高腳步搆不到雲

彎不下腰撿拾一枚硬幣

以為多數

剝削中的優勢族群

2019年1月9日

劉正偉

執

妳說開始懷疑人生
準備詛咒妳

怪我，始終寫不好一首情詩給妳
因為我一直在，前往妳的路上

2019年1月9日

杜文賢
鄭也夫

撬開精神病院大門

無數隻手爬出來

眼睛空洞如井

你縱身跳入……

2019年1月19日

無花
舞

分手的時候

你邀我跳最後一支舞

我唯有哭抱著地球

做最後一次公轉

2019年1月21日

無花
發光物

不就是月亮背面有木馬旋轉
不就是地上樹蔭有飛蛾產卵
不就是刪掉一首詩的假動作

靜躺地上的字仍是夜空的發光者

2019年1月25日

初塵（Kain Huang）
離婚

配偶欄出離

手工一紙自由

此後，眼神陌生

你

　　　2019年1月26日

林錦成
年輕

所有浪都舉手

不剎車

礁岩不語

只聽破碎的進退

2019年1月26日

寧靜海
四季說

1.春之生

一個夢與一個夢進行肉搏

2.夏之旅

一排浪爬上一排浪爬上一排浪

3.秋之決

一棵樹為一片枯葉請命

4.冬之藏

一場大雪孕哺一粒蘋果

2019年1月29日

微塵（Kain Huang／初塵）
情緒勒索

反覆翻炒親子關係

拿耄耋之齡鑄造槍械

追擊天倫薄殼

稍遠處，魍魎擠眉

2019年1月31日

2月截句選

曾美玲

願望

歌過舞過夢過詩過

愛恨過悲喜過哭笑過

江湖中，漂泊數十年

快過年了，風想回家

2019年2月1日

陳培通
換機

告別曾經的世界

留下天空　長長的灰色

另一個平行空間

打開自動與允許

2019年2月1日

施文志
恨愛

我畏懼
愛或恨

因為愛有根
所以恨有芽

2019年2月2日

朱名慧
致前任

仔細對一疊過期發票

只為了確認

你不是真的那樣

我也不是真的這樣

2019年2月2日

沐沐
不懂我的溫柔

走到戲院散場的後門

妳才抬頭笑著眼睛問

「覺得我像不像她？」

我第一次覺得自己像極了卓別林

2019年2月2日

胡淑娟
恆視

在亙古的眼睛裡

山是水　顛倒的夢想

而水卻是

山　永無止盡的罣礙

2019年2月4日

謝情
愛

問雲要一滴水
問花要一粒塵
問魚要一根刺

煙滅灰飛後　能給你什麼

2019年2月5日

齊飛（Gloria Chi）
春節過了

轉眼春節過了　煙火滅了

鍋灶冷了　人　散了

我把音響聲量扭到最大　繼續

熱鬧

2019年2月7日

和權
晚霞千丈

看美艷的雲霞
變幻無常

雲霞看我　也應
如是

2019年2月7日

袁丞修
陌生人

把愛抽離後

我們距離拉寬的模樣

剛好適合月球

滾動的軌道

2019年2月7日

齊飛（Gloria Chi）
出逃

他把自己塑成一座山
與他對話我只聽見自己的回音
以為我會像山谷溪流永遠盤桓他腳下
終於我奔流到海　沒有回頭望一眼

2019年2月9日

Chamonix Lin

發車前

整捆樓房凝視蒂落滿地
他不抽菸，卻點火燎燒迎送成癮的月台
每當離別從我皮膚抽走他的手指
然後少不更事地醒在晴暖的異鄉

2019年2月23日

齊飛（Gloria Chi）

西溪之冬

連綿冬雨把窗景模糊成一色的灰

卻將溪水洗得明澈如鏡

岸邊白鷺不畏寒

悠然閒步　斜睨著困守窗內的那人

2019年2月24日

紫螢

畫眉

在你的眉間畫一座山
像是雲開滿了桃
朵朵粉嫩，便成了
相思的坐標

2019年2月24日

靈歌
起飛的降落

爬升的飛機俯瞰

摩天樓自一本書，壓成一張紙

我在機艙裡

寫著微不足道的壯志

2019年2月25日

吳鈞堯

情

守一座海，

那一座你也聽見的潮汐。

當時每一扇窗，

都開有牡丹。

2019年2月25日

胡淑娟
腺體肥大

男人敞開了褲襠

破舊的傘緣同時被撐起

惱人的滴滴答答

無非是春天漏雨的心事

2019年2月25日

微塵（Kain Huang）
周幽王的懊悔

末梢神經還在讀諸侯額頭的汗
烽火遊戲是帖鴆毒
肢解社稷，囊括寵妃臉龐的淚珠
治國藍圖淪落紅塵

2019年2月25日

和權
客機上偶感

在高處　果然
看不到人間疾苦

努力往上爬。有誰
管它看到看不到

2019年2月25日

齊飛（Gloria Chi）
裁剪記憶

「她一無所有　所以極易取悦」
他為自己另結新歡作解釋
妳已全無妒恨　妳和他都訝異
原來遺忘不難　只是裁剪一頁記憶

2019年2月25日

齊飛（Gloria Chi）
早點隨便

早起杵在冰箱門前好一會

家人喜愛的餐食一樣樣在腦中過一遍

突然想起現在只有自己　隨便

2019年2月25日

蕭蕭

道渾沌而茶清明的互文關係

不知你會從渾沌的哪一顆心飄來

在水與風的摩擦

靈與光的互攝裡

從來，你清明了我的渾沌又渾沌了你的清明

2019年2月26日

—— 2019年3~4月截句選 ——

3月截句選

蕭蕭

孵蛋的夢與現實

我站在現實的風中
顫巍巍的顫

只為了交給你一個夢的硬殼
隨心孕藏聲光、顏彩、歡燦

2019年3月1日

王勇
照相機

鏡頭吐出風景
風景伸出塗滿色彩的
雙手，把眾生的眼睛
緊緊抓住不放

2019年3月6日

齊飛（Gloria Chi）

易容術
——鏡前冥思

滿櫃胭脂水粉只為一張臉

將上帝的疏失一一修正

以精雕細琢的假面在人生舞台演出

戲的好壞沒人說得準

2019年3月8日

江彧

分手

礁石怔怔地被浪濤
一直呼巴掌
不過是當了山盟海誓的
見證人

2019年3月8日

葉莎

半生

兩個人或一個人

衝

匆匆

無暇拈花，忘記微笑

2019年3月10日

葉莎
燈籠

不曾發光的夜晚

紙糊的名字，空洞的心

在風中對誰喊著

看我！看我！

2019年3月10日

和權
煙圈

片刻即消失了
仍盡量吐得更美更圓
寫詩也一樣

2019年3月12日

李宗舜
秘密

有時候水中倒影
漣漪中盪出一幅
連倒影都無法預知
圖景的，滿懷心事

2019年3月12日

和權
時間的腳印

墓碑是
時間深深淺淺的
腳印。沒人知道
它的去向

2019年3月15日

高原
對了

沙發對了，聽雨不會累
情緒對了，凡事都OK
帽子對了，頭會有感覺
頻率對了，時間會溶解

2019年3月15日

沐沐
他們要我閉嘴

然後打開所有的燈

說要找一隻螢火蟲

2019年3月16日

王育嘉
黃色玫瑰

你是清冷古井映照的花火
是寂寂白牆上戀人的耳語
僅僅是一道流光，就將心事一盞
一盞地燎成一座花園

2019年3月16日

齊飛（Gloria Chi）
母親十四歲

推輪椅讓老母曬太陽
忽然她堅持我坐　她推——
「妳老了……我才十四歲」
母親臉上的皺紋泛出少女的氣息

後記：失智的老母經常時空錯亂，認
　　　為她才十幾歲，待字閨中。

2019年3月19日

李文靜
輕愁

把小小的憂愁綴在水珠上
把大大的憂鬱鋪在海面
看它們輕輕浮起來
就學會了快樂

2019年3月27日

陳子敏
動靜

水上水下心隨之浮沉
一望無際動盪凝止於地平
海不斷說話人持續聆聽
耳歸寧靜海終屬永寂

2019年3月27日

王勇
門面

用舊報紙包垃圾

總能目擊眾名人

不嫌髒臭地

撐著扭曲的笑臉

2019年3月27日

王勇
床事

自從入手一張骨董床
他便夜夜夢見
歷朝歷代的達官貴人
上床、下床、上床

2019年3月27日

謝情
背離

夏陽灼傷　牽手戀人
秋風橫掃　落葉盟誓
冬雪覆蓋　千層真相
心中有雨　留在春天涓滴

2019年3月27日

江彧
浮詩

眼睛灑落了一些
記憶過期的飼料
紙面下的魚
潑剌潑剌　　跳出

2019年3月29日

楊子潤

撲
——回白靈〈穿〉

哪些模糊的記憶可以重組？
赤足之奔、青澀之吻、兒女初生
甚或第一根白髮冒出山頂

突越歲月撲來，來時路沿途斷層

註：感謝蕭蕭兄提醒建議，稍作修
　　改，以和白靈兄原作協韻！

【附原作】

〈穿〉　白靈

哪種消失的姿勢可以重製？

一葉之飄、片雪之飛、絲雨之滴

即使一根髮之叮咚落地

沿路驚叫、燃燒、穿破日子而去

2019年3月30日

微塵（Kain Huang）
單戀

腦幹信仰妳

妳雲鬢孵育的蘭花味

繞成壇城

救贖　我

2019年3月31日

曾廣健（Kenken Vn）
時間

留步

還我青春！

2019年3月31日

4月截句選

和權

燈下讀詩之十八

稿紙是宇宙

詩　是太空船

遨遊天外天之後

又回到心中

2019年4月1日

靈歌
北漂魯蛇

沒有什麼比城市的遊牧更令人悲傷
放棄今天，猜測明天
記不起的門牌與巷弄，按錯門鈴插錯鑰匙
樓梯像折彎的刀，上下都是凌遲

2019年4月1日

林靜端
靜

是清晨的簾幕
用她第一次張開的眼睛
洗滌
被看過千萬次的事物

2019年4月7日

漫漁
如何謀殺一個現代人

吃飯打電動走路打電動廁所打電動
讀書打電動工作打電動做愛打電動
生孩子吵架離婚生病　打電動打電動
臨終前他才發現　死亡不是虛擬的

2019年4月8日

游鍫良
一個口令一個動作

南風慵懶吐出蛇信
春天的窗口飄不進半點詩句

我想隱喻
窗外鸚鵡隻手遮天

2019年4月9日

林靜端
懺

心頭積雪終於融化了
雙手再用力也捧不住
沿著掌中的江河
交給生生世世的海

2019年4月9日

項美靜
秋是舌尖的一樹桂香

蟬已不禪，蝶還疊舞
一襲旗袍穿過九曲巷，將秋解構
碎花、落葉、細雨、油紙傘
館驛河埠的柳繫住一葉撈萍的舟

2019年4月10日

項美靜
有一種媾合叫，神交

把肉身放進眠床，似放一枚羽毛般輕盈
性，無需交
此刻，我是聊齋的主人
你有你的小倩，我有我的采臣

2019年4月10日

無花
暗戀

仙人掌垂釣沙子裡的水
你垂釣水中的魚
魚釣走睫毛上的風沙
你釣不走牠眼裡的汪洋

2019年4月14日

之宇（Sally Ng）
人雲亦雲

黑是很玄的東西

黑裡看得見洞是更玄的事情

最玄的是

人們都愛聚焦在一個看不見的洞裡

2019年4月16日

樂茫（Boh Yan）
夢一生

睡著的人在夢裡醒著

醒著的人　在另一個夢裡沉睡

沉睡的他又做了一個好大好長的夢

就是這一生　他渾渾噩噩地過著

　　　　　　　　　2019年4月17日

陳子敏
女人心思

單純眼神，羞澀隱藏希冀

潔淨心思回映性靈，癡情如無以凝塑雕像

心無端蠢動，肉體已融時間卻緩

交付一刻，怎如此遙長

2019年4月19日

溫智仲

不明飛行物～UFO

吃完餐盤朝天空一扔

撈雲抹嘴就離開

傳聞常擄人，擄牛，擄羊……

贖金，至今沒有共識

2019年4月24日

黃士洲
位置

火車上。看見
窗外不同景色
不同景色卻看著
窗內，同一個我

2019年4月25日

賴文誠
盜墓

驚醒之後

我只能無奈的收拾著

即將殉葬的時間

以及，被掠奪的夢

2019年4月26日

曉嵐
忘記祖輩的顛沛流離吧！

江邊的夕陽在遊輪後方遁去
我順手摸了一把外灘的黃昏
當黑夜降臨，燈光像太陽
黃浦江恆流！甚麼悲哀都沒有。

2019年4月26日

邱逸華
自己的房間

還是打不開她的房門
這款語音辨識系統問世以後
男人不懂她何以禁錮自我
女人竊喜，為這重掌子宮的自由

註：詩題借用吳爾芙名著。

2019年4月26日

黃士洲
樹

當我張大十指歌詠天空。同時
也不動聲色張狂腳趾，緊抓黑暗
綠色的笑聲，和黑色的咆哮
不會同一個時刻，曝光

2019年4月26日

齊飛（Gloria Chi）

食／色

你說為我慶生　吃飯
其實只是藉此一見
沒人在意菜色如何
你我吞嚥的是彼此的思念

2019年4月27日

李文靜
半斷的風箏

執半條風箏的斷線
我向你泅游而去
在你最深深深處
找洞裡的臍帶，相連

2019年4月29日

項美靜
在風月的舌尖過夜

嚼著饑渴，舌尖溢出果粒的香

憂傷和歡愉不改夜的黑

玉米莖羞於袒露羸弱或飽滿

這縷人間煙火，比銹色凝聚的月誘人

　　　　　　　　　　　　2019年4月30日

項美靜
等夕陽昏沉入夢

步出畫軸，尋另一個影
吸著黑，呼著風，潛行荒野
沉淪，起伏，穿過暗眠
像飛蛾，等一盞燈

2019年4月30日

2019年5~6月截句選

5月截句選

Sky Red

格格

太陽邁開雙腳

大步享受從海到海的旅程

訊息的啁啾吵醒現代人的清晨

移動　在行事曆　格格　Blue

2019年5月1日

蔡履惠
同學會

風霜交會　復活了遙遠的課堂

2019年5月2日

曉嵐

文字

從搖籃到墓碑

連哭聲也腐爛在泥土裡面

你是惟一一個

進入不老也不死

2019年5月3日

朱名慧
眺

機翼下的那一小點
裡的，那一小點裡

有一個你。汪洋中
浮起一座島嶼

2019年5月4日

鐵人・香港（Ttmc Chan）

請跟我來

吐舌　張牙

我誘惑

剖開　內涵

你吃吧

2019年5月5日

周駿城
五四百年

天使在教堂裡撕裂自己的翅膀
流淌的鮮血低語：我有罪

囚犯在監獄裡吃力地拖動鐐銬
搖動的鐵窗吶喊：我無罪

2019年5月6日

Sally Yeow（姚于玲）
等人

樓裡的窗住了故事

故事裡住了人

我在窗外等

從故事裡走出來的人

2019年5月7日

楊昭勳

距離
（台語）

咱相距就親像樹枝交插

同齊出世在共一欉樹

但是攏無相抵頭

是按呢親近又閣按呢遙遠

2019年5月14日

靜靜
悟空

乘滿天雲彩而來

我的意中人是蓋世英雄

他忙著拯救世界

我就只有我自己

2019年5月15日

趙紹球
虫二

風聲，走漏了
只剩下蟲聲
從兩岸無邊地

灌目

2019年5月15日

I-chih Lee（李宜之）
得了瘋詩症1

吃飯變成回憶　床失了蹤跡
梳子牙刷是什麼東西

拼命追著隨時幻滅的泡泡
等著婀娜飄近的身影　定格

2019年5月18日

靜靜（楊靜靜）
愛情的狀態

像一口井疊加一塊大石

彷彿沒事

卻瞬間到底

2019年5月18日

Argers Jiang
情人的眼

妳的眼睛真好看，有四季在裡面。
冬、春、夏、秋，依次走過，每一季
都令人留下不可磨滅的印象。
可是我的眼睛更好看，因為妳在裡面。

2019年5月19日

季三
失眠

光和影來回走動

葉子說：側睡　趴睡　仰睡　我都試過了

請你們別再淘氣

風說：是你放不開豆大的煩

2019年5月21日

季三
逝

拄著消瘦的生命

兩手牽住左右

母親安靜地陪在兒子身邊

心疼的牆　簌簌流下斑駁的淚

2019年5月23日

和權

問人生

老同學見面。不說容顏

無改　卻問人生如何？

你笑了：這杯咖啡香醇

好喝　只是　有一點苦

2019年5月25日

李昆妙
鷺鷥

一腳踩住倒影
伸長了喙，咬住天空
那朵浮雲就像富貴一般
被你輕輕地拔起

2019年5月25日

張兆恩
分手那天

在花園澆水施肥
春天的衣角縫個補丁

試著修剪那片藍天
讓雨下得很單純

2019年5月25日

費工慈
鏡花水月

摺起天空

拎著笑的風

一步踩碎

相望的江湖

2019年5月31日

6月截句選

王勇
詩身

千刀萬剮之後
屍首分家了嗎？
魚尾擺蕩，浪裡
躍起白條條的詩

2019年6月9日

王勇
詩魂

屈子也不知遊到哪裡去了？
龍舟追了千年，鑼鼓也敲了
千年。翻開詩集詩刊，驚見
三閭大夫的眼睛：瞪得好大

2019年6月9日

高原
巷口老杯杯的凝視

慾望在洗衣槽裡攪拌

在竹竿上瀝乾

媳婦的內衣褲

青春的畫布

2019年6月13日

胡淑娟
念想

透明的陽光很安靜

妳卻是陽光下

一粒飛揚的灰塵

喧囂的念想

2019年6月15日

樂茫（Boh Yan）
時局

聖人已死　兵馬俑包抄過來
人民又退回到被窩裡
在長城上鋪上紅地毯　為
狼煙四起的周王最後一次散步

2019年6月15日

星垂平野（Rivers Wang）

如果你們不這麼做
他們肯定會那麼做

橡膠彈咻咻的說：請看詩題
催淚瓦斯蒙著眼，舉手贊成

三十年前廣場的亡魂幽幽問
你，覺得呢？覺得呢……

2019年6月16日

胡淑娟
荷

靜靜地打坐在　夏日的筆尖

捧握　詩的火燄

恐懼在蕊瓣　積雪

執著的溫熱也會有融化它的一天

2019年6月21日

靈歌
雨的變奏

雨
是為了將凹凸的馬路磨平
成鏡，而倒影
倒影是比較滑的風景

2019年6月19日

李瘦馬
妳的愛還是那麼濕潤

解開最後一顆蝴蝶釦

妳是橫陳的美麗月色

我是孤星般俯視

愛是洶湧的潮水澎湃著星月的纏綿

2019年6月19日

邱逸華
為了苟活

頭頂植入雞冠

模擬鴨語

尾椎繫上馬尾

複製驢的思維

2019年6月23日

賴鳳嬌
窺伺

目光炯炯　隔著雨簾　隔著遠
無懼　因為您倆都不是人
夏日的裸裎在對窗舒坦
自戀招手　您倆可以再靠近一點

2019年6月24日

許曉嵐
白鷺鷥

遷徙已然完成

沿著出海口繼承一塊棲地

離弦飛箭的喙，直入每一寸水天

安靜地複寫所有泛黃詩篇

2019年6月24日

薛特曼
新生

被歲月打趴的身軀　　以蒼綠的消殞封印
曾仰頭向天　　致敬每個崢嶸的拔尖
終而　　還是墜落在人煙罕至的小徑上
墓誌銘的輝煌　　芽立著

2019年6月24日

胡淑娟
鹽沼湖

雲　在水裡是一葉白色的扁舟
戰戰兢兢劃過如鏡的天空
深怕天空破了
自己的影子也消失

2019年6月24日

Swee Hoe
謠言

為了圓滿，我們選擇了殘缺
硬把自己擠壓成半圓

直到遇上另一個信徒才破譯
殘缺，圓的最大謊言

2019年6月24日

許哲偉
吹笛手

大家都選好樂器準備彈奏

惟有你，走入童話

為排隊小孩吹笛

讓紛亂的世界追趕不及

2019年6月25日

和權
百層高樓

至尊高度的大樓　傲視著
全城　微微抬頭　對星月
說：我是無可比擬的
地震聽了　笑得合不攏嘴

2019年6月25日

徐玉香
蓮蓬頭

你親自造了個水簾洞

讓我每天都忍不住

春光

外洩

2019年6月26日

於淑雯
無題

彼岸有青春未讀　　且併肩凝視
露珠滾出清晨　　山嵐以暮色更衣

終於懂了　　讀你
是寫詩的答案

2019年6月27日

於淑雯
圓

愛情在圓心撲朔迷離
相思如線　橫成長長直徑
讓兩端張著眼睛相望寂寞
我遂在圓周邊上拉著軸線奔跑起來

2019年6月27日

聽雨（Swee Hoe）
釘子戶

童年，一看就是頑皮

從魚網脫身，沿著風箏跳傘

一逃就過了好幾個世紀

卻一直擺張椅子霸佔心裡那珍貴角落

2019年6月27日

王勇

胎戀

寫一首詩，讚頌故鄉
站在安平橋頭，我
面對時空高聲朗讀

晚霞撲下來抱得我好緊

2019年6月28日

王勇
心閱

天天收到許多體溫冰涼的
電郵，想起手澤猶存的故鄉來信
拆封後，跑出來的都是童年玩伴
沾滿泥土與鼻涕的小手小腳

2019年6月28日

陳麗格
夏日午後

走入艷陽高照的大街
我躲在我的墨鏡之後，練習隱術
側身讓過迎面和背後走來的趕路者
我吝於分享我的悠哉

2019年6月28日

賴鳳嬌
分手

倆杯咖啡對峙著

酒窩掉進落日的餘暉裡反光

忘記咖啡裡要加一勺玫瑰糖

喝一口很苦　再喝一口還是很苦

2019年6月28日

林錦成
鍵盤

如果按「Enter」可以解決許多細節的聯繫
為何手指仍溢出旅居曲折的懸念
不如有些僻居一隅的鍵例如「Home」
一直有堅定不被觸壓的含蓄

2019年6月28日

綠喵（了雪玄）
蒲公英

全身載滿飄泊的DNA

孤獨是旅途中最佳良伴

思念還沒個影兒

步伐早已離家　上路

2019年6月28日

曾美玲
植物園賞荷

六月中旬了，眼睛來不及收割
滿池風吹萬里的香
驕陽曬乾的靈感
仍被三兩朵喧嘩的笑，淋濕

2019年6月29日

胡淑娟

影子

愛惜自己的裸體

最不喜歡

光為她披上外衣

2019年6月29日

江美慧
在沒有方向盤的高速車上

猛烈的週休二日把勞工吹向夜市
寒流在大火爐裡燒雪

他供給人民故事書
完成以夢佈置房子

2019年6月29日

聽雨（Swee Hoe）
久違了

晨曦中緩緩滑入

聽槳喚醒久違的漣漪

每一下

定位，於你的深度

2019年6月30日

和權
浪花飛濺

沒有風　竟起浪
腦海中　即開即滅的
浪花　問：愛什麼　恨什麼
執著什麼　放下什麼？

2019年6月30日

於淑雯
七月黃昏

雲閉著眼在山谷徘徊
濃霧則以慵懶之姿遊動
群樹緩緩在其間寫詩
整座山突然喊了　冷

2019年6月30日

沐沐

奢

妳問什麼是愛？

從種籽到開花的時間專心

喝同一杯水

2019年6月30日

截句競寫得獎作品

壹、【禪之截句】限時徵稿　得獎作品十首及觀察報告

主辦：聯合報副刊

合辦：臺灣詩學季刊社

策劃：聯副文學遊藝場（http://blog.udn.com/lianfuplay/116289569）、facebook詩論壇（https://www.facebook.com/roups/upoem/?fref=ts）

一、【評選說明】

由聯合報副刊主辦、臺灣詩學季刊社合辦，聯副文學遊藝場、facebook詩論壇策畫的「禪之截句限時徵稿」，自9月20日至10月15日止，共收到來稿近800首，由駐站詩人蕭蕭、白靈三階段複選，每階段選出

15~16首入圍作品，共選出46首入圍作，最後決選出
10首優勝作品，今日與facebook詩論壇同步發表。

二、【評選報告】

現代禪詩的「禪」何處覓得

蕭 蕭

充滿智慧能量的詩

　　禪詩，充滿智慧能量的詩。

　　狹義的禪詩，特別是指僧尼悟道時機鋒、意象的
輸出，廣義的則是指著一般詩人從閱讀與觀察中所悟
得的生命哲理的形象展示。

　　禪與詩的融匯，學者蕭麗華認為：詩的本質是
以精神主體為主的，禪則是講求心靈主體的超越與解
脫，都在強調物我合一的境界或達及的方法，所以在
本質上可以會通；其次，禪有不可言說性，詩雖以語
言表達，但味在酸鹹之外，禪與心（作者）與物（歌
詠的對象、語言）三者之間，若即若離，不在其中、

不在其間、不在其上下、也不在其內外，詩與心與物之間也應該保持類似這種不即不離的關係，這可能是禪與詩若合符契的地方（見《唐代詩歌與禪學》）。張伯偉則提出「自性說」：「禪宗以為自性是不可說的，但有時又不得不說，遂往往以形象語狀之，強調『活句』，崇尚『別趣』，追求『言外之意』。因此，其偈頌也就往往與詩相通。」（見《禪與詩學》）這「自性說」其實也就是詩的本質論，詩應有詩想，詩想或許只是一個「點」，卻容許她有輻射的可能，輻輳的或然。所以，採開闊視野的觀點，世上有思想、有深度、有高度的詩，都可以是寬義的禪詩。

　　禪與佛緊緊纏繞在一起，昔者禪宗公案的主角無一不是袈裟人士，今日修習佛學往往被稱為「禪修」，看來，禪學要從佛學中獨立出來，成為特殊的一門思維學、思辨學，似乎並不容易。但，禪學真的是一門思維學、思辨學，譬如，從「佛像是佛」、「佛像非佛」、「佛像非非佛」三個階段的思維中，可以找到問題的癥結；或者，從「截斷眾流」的懸崖

處思考，從「前不著村，後不著店」的絕緣地思考，
從東方來「喫茶去」、南方來「喫茶去」的無不可放
下的邏輯思維加以思考。這就是禪。禪，從佛門來，
但不必以佛為終點，她可以有自己的遠方。

在覺與悟的窗口

　　二十一世紀，現代禪者與詩人各自在不同的空間
思維，既不在山林野溪間相遇，也不在紅塵鬧市裡摩
娑，更不在學術殿堂上論辯，難有相互激迸的火花。
禪有禪的獨立苑囿，詩獨享詩的自家花園，現代禪詩
的創作，周公夢蝶之後，寂寂久無響音。因此，趁著
這次「截句」創作的熱潮，讓詩家的心眼也轉往最常
採用四句頌體的禪詩打轉，或許可以讓讀者踏進玄之
又玄的妙門，雖然是短短的四行，卻能得四行以外的
寬廣天地。

　　二十六天的時間（9/20-10/15），徵得798首詩，
分三階段選摘，選出46首惹人沉思、在覺與悟的視窗
引人探頭的作品。白靈與我，分別從中各自選出十

首，竟有五首相同，再聚首選出五首，合成「禪之截句」最終的十首優異傑作，提供給聯副讀者鑑賞。

天下何物不具禪思哲理？

這次「禪之截句」有幾位詩人朋友寫了數量頗多的作品，入選比例也十分可觀，他們是李瘦馬、無花，漫漁、邱逸華，胡淑娟、陳雪惠、劉驤，值得大家繼續期待他們的奇思異想，妙且多如恆河之沙。

這些禪詩的禪理、禪意、禪機、禪趣，何從覓得，如何展現，就我觀察似乎也有一些軌跡可尋。

一般說到「禪」，第一個想到的是同音的「蟬」、類近的「蠶」，以這種生物的特徵去發想，例如蟬，幼蟲蟄伏在地下一年到十七年／成蟲鳴叫在樹上七天到十四天，這樣的對比頗有啟發性，「知了知了」的擬音聯想也有漸悟頓悟、真悟假悟的辯證力，蟬蛻、脫殼，是新生的象徵？又如蠶的吐絲，作繭，蠶寶寶的食量，三週成長一萬倍的體積，都擁具著再三思索、翻滾的可能。以此盪開出去，天下何物

不具特色，天下何物不具禪思哲理？

佛理轉化自然形象的禪趣作品

　　其次，佛教許多語言已內化為大家習知的生活常識，如色不異空、空不異色，色空一如，詩人如何以形象語、短截句去呈現？白靈曾經借用$E=mc^2$（讀作E等於mc平方）的質能轉換公式——這個質能轉換公式在闡述能量（E）與質量（m）間的相互關係，類似於質能如何等價等值，關鍵在於公式中的c，c是物理學中代表光速的常數。白靈轉化這個公式，寫成一行詩：

　　色×光速^2＝空

　　在這次禪之截句徵稿中，胡淑娟也以〈空〉為題，寫了一首詩，先利用雲彩倒影在水中的美，讓魚兒想乘著雲影在水中巡弋，這是水的清澈所形成的空，那想到魚兒一動，水盪起漣漪，反而看不見天空

的空，空與色瞬間移位、轉換。詩中「巡弋」一詞，值得思考，是人內心中起了爭競之心、控禦之圖，那空就混濁、渾沌了吧！

更進一步則是引述佛典、佛理、佛事，轉化自然形象的禪趣作品。如迦納三味所要詮釋的《金剛經》：「佛告須菩提，凡所有相，皆是虛妄，若見諸相非相，則見如來。」他將這段經義以互文的方式，層層遞轉，過去的佛不存在、現在的時間不存在、未來的我不存在，顯然這首詩與讀者你也不存在，點出虛妄是相的核心、本質，最有智慧的是他將題目定為二進位的〈零與一〉，非零即一，一「一」即零，更增加了思考的層次與深度。

同樣在演示《金剛經》：「凡所有相，皆是虛妄。」劉驊不引經文，直接點出〈我已不是我〉：「一些名字已被譯成沙塵／一些旅途已被譯成星空／一些時光已被譯成風」，這三句詩也採互文方式，沙塵、星空、風，都可以隨意置換，曾經的名聲、旅程、時光，都不確然是我。但一段之後，雲還是雲，

楓葉還是紅，大自然還是大自然，相對於我，依然存在。兩段之間的不在與在，最值得沉思。

　　人，最後都要回歸自然。邱逸華選擇〈天葬〉入詩，詩中的「殘念」，未酬的壯志，多大的缺憾都還諸天地吧！眾生平等，詩人無花還將生死觀延伸到植物界，植物對抗死亡的方式是成長、開花、結果，繼續長出無數粒種子對抗死亡，無花這首〈死亡的方式〉讓「禪」顯露出「禪」應有的活潑生機，讓循環、輪迴有了新的內涵。

禪詩中的人物與設境

　　禪詩中最不可缺少的人物，自屬老僧、和尚，李瘦馬將老僧放在人生斷崖獨立，一句「衲衣上一粒塵沙掉落心中的深谷」，禪境盡出。沐沐也以擬境的方式，讓老和尚喝下微濁的水，心不一動，水與心都淨了，清了，小和尚和我們也因此淨了，澈了！

　　禪，禪宗公案，往往設境以盡言語、形象之不足，前段的老僧、和尚，人物性格明顯，其境仍然是

虛擬的。其後三位朋友也都以設境來誘人玄想。漫漁設「魚眼中塞滿了海」，所以其境就可能是缸裡缸外都是海而得大自由。陳雪惠設的是「最心痛的地方可以是最遼闊的海」，可惜，其境是海太大而無法靠岸，未得解脫。李昆妙設的是曲折的水邊，匆忙的環境，楊柳戲風、戲影，可長可短的自在，是一種對廢墟、雜草、蟬鳴、蛙噪，亂而有序的讚嘆。

　　透過這些截句，我們獲得了智慧的能量，在詩中攀上了禪境。

2018　霜降之日

三、【禪之截句】得獎作品十首

駐站詩人：白靈、蕭蕭

1.迦納三味〈零與一〉

一如過去的佛不存在
一如現在的時間不存在

一如未來的我不存在

一如這一首詩與你從不存在

2018年9月20日

註：金剛經：「佛告須菩提，凡所有相，皆是虛妄，若見諸
　　相非相，則見如來。」

2.邱逸華〈天葬〉

山是奢望水為憾

天地終於蓋棺論定我

此生有殘念，無妨

贈螻蟻、鷹鳶為糧

2018年9月21日

3.沐沐〈喝水〉

禪堂的桌上有一碗微濁的水

老和尚進門喝掉一整碗後安坐下來

小和尚進門喝掉一整碗後安坐下來

禪堂的桌上有一碗清澈的水

2018年9月21日

4.漫漁〈心證〉

魚眼中塞滿了
海
於是，缸裡缸外
都是自由的

2018年9月21日

5.李昆妙〈釣〉

寫好彎字的水邊，楊柳
問遠方遊來的匆和忙：是否願意
躺在秋光裡，不管筆順
和影子一起長短，和風一起亂

2018年9月27日

6.李瘦馬〈老僧獨立於人生的斷崖〉

向前遙望
層層雲路已不可通行
側耳諦聽，衲衣上一粒塵沙
掉落心中的深谷

2018年10月2日

7.陳雪惠〈渡〉

在最心痛的地方
打開最遼闊的海
我，四處浮游
無法靠岸

2018年10月2日

8.胡淑娟〈空〉

魚兒想乘著雲影
在水中巡弋
誰知

整個天空都游走了

　　　　　　　　　　2018年10月11日

9.劉騨〈我已不是我〉

一些名字已被譯成沙塵

一些旅途已被譯成星空

一些時光已被譯成風

而雲還是雲。楓葉正紅

　　　　　　　　　　2018年10月12日

10.無花〈死亡的方式〉

一粒種子對抗死亡的方式是長成一棵樹

一棵樹對抗死亡的方式是開花

一朵花對抗死亡的方式是結果

一粒果長出無數粒種子對抗更多的死亡

　　　　　　　　　　2018年10月15日

貳、【攝影截句】限時徵稿
得獎作品20首

主辦：臺灣詩學季刊社

合辦：吹鼓吹詩論壇

策劃：facebook詩論壇（https://www.facebook.com/
　　　groups/upoem/?fref=ts）

一、【評選說明】

　　本次徵稿時間：2019年2月26日起至3月20日。詩及攝影作品由作者自行貼在「facebook詩論壇」上，經統計共貼出788首詩及照片。由複審委員葉子鳥、寧靜海兩位詩人仔細討論斟酌後，選出60首，再經由決審委員蘇紹連、白靈兩位討論後由其中選出10首優勝、10首佳作。得獎名單公佈於下，作品則將刊載於

2019年6月第37期《吹鼓吹詩論壇》上。

二、得獎作品20首

A、優勝10首

1.上帝的話

圖／文：曾元耀

我在身體挪出
一間古老的教室
每天練習母語的叮嚀

2019年2月26日

2.揮別

　　　　　　　　　　　　　　圖／文：朱介英

關門哨音愈催愈緊
轉身揮手把笑靨拋出窗外
一窗接一窗人影急馳而逝
就這麼的　我送走了整個月台

　　　　　　　　　　　　　　2019年3月1日

3.光陰模倣的光陰

　　　　　　　　　　　　　　圖／文：成孝華

於眾多鐘聲之外穿梭
古老是外在的時髦
而我遊移在時針分針外
嚐試握住沙漏停止一座山丘成形

　　　　　　　　　　　　　　2019年3月1日

4.阿茲海默症

文：李昆妙／圖：蔡昌誠

關著，滿屋子以為的空
綁著，怕走失的門
鎖著，歲月剛髹上時間的顏色
敲敲往事：有人在嗎？

2019年3月3日

5.蝸牛巷——憶白色恐怖受迫害文學家葉石濤

　　　　　　　　　　　　　　　圖／文：邱逸華

太陽再照不進幽暗山谷

失語以後練習社會主義的咬字

一生馱著囚室

在被人踐踏的泥地寸步

　　　　　　　　　　　　　2019年3月4日

6.房子的聲音

　　　　　　　　　　　　圖／文：劉梅玉

小鎮的驟雨

在夜的房子上寫字

一行接著一行

都是瘦弱的昨日

　　　　　　　　　　2019年3月10日

7.修道士

　　　　　　　　　　　　圖／文：簡玲

真理，翻過羊皮紙

自傾斜的鐘塔

沿洄一條河的潮汐

苦苦，前行

　　　　　　　　　　2019年3月11日

8.蕨

　　　　　　　　　　　　　圖／文：朱名慧

開始都來自於一個捲起的
問號，舒展成為葉子
我們閱讀光
並以光轉譯幽闇

　　　　　　　　　　2019年3月4日

9.深情

　　　　　　　　　　　　圖／文：林瑞麟

我們離得夠遠了

非得這樣才會剛好

可以讓呼吸安靜下來

聽見心裡的聲音

　　　　　　　　　　　2019年3月18日

10.怎是春天愛撩撥？

圖／文：王育嘉

路上撿拾了幾枝殘冬，隨意擺弄一如
生活。隔日春色竟睜開了眼睛
地平線上微塵騷動，整座山林
漫過耳邊。莫非心就是水就是風

2019年3月19日

B、佳作10首

1.誤入

文：胡淑娟／圖：李曉麗

山總在無意間
栽進了河的陷阱
以為自己是領先到達的光
其實只是個顛倒的影子

2019年3月1日

2.請剪下一方藍天送給黑暗中的我

圖／文：漫漁

我的天空無需大，但要夠藍
還有四季變化

該熱該冷該下雨的時候
剛巧有鳥飛過，多好

2019年3月3日

3.阿塱壹

文：雪赫／圖：曼殊

這裡的砂子大如石頭
海浪對巨人很溫柔
我站立在一粒砂子之上
以小蟻的胸懷瞭望巨人的沙灘

2019年3月4日

4我是黑色。羞澀的黑。
每一個方面都是黑
歷歷在目沾上黑色氣味。

　　　　　　　　　　　　圖／文：西馬諾

我認識一個過去
可有可無的星光
悄然行走這片空寂
傳來聲音的枝椏

　　　　　　　　　　　　2019年3月10日

註；爺爺是華人。一盤道地的炒粄條，認識了你。

快樂就在前面，臉龐說出兩位孫女留學臺灣。

四個黑表徵四次印尼的華人遭全面的限制和排斥。

5.詩小說──盜墓人

圖／文：李瘦馬

月光月光冰涼的月光心慌慌……
盜墓人揹了他的帆布袋轉身即走
突然有個聲音拉住他的耳朵：
「為何不把我的死也一起偷走？」

2019年3月15日

6.卡・夫卡

文：趙紹球／圖：邱逸華

布拉格少年總仰望
形而上的主義
世人卻喜歡膜拜
形而下的存在

2019年3月17日

7.攔路的石頭

圖／文：聽雨

跳進激流，躺成

幾塊石頭攔在你的航線上

終於無法逃避，必須正視我

也需要釐清，河裡浮沉的一粒粒心事

2019年3月18日

8.想和你做朋友

　　　　　　　　　　　　　　圖／文：季三

海濤，你不要打到我的鰭
我正要潛入你心底
撞碎你心中的石頭
拼一條活魚

　　　　　　　　　　2019年3月20日

9.水落石出

　　　　　　　　　　　　　圖／文：黃士洲

時間是一雙固執的手
有移動山嶽和翻轉大海的力量
即使謊言仿造成堅厚的磚牆
終究也被撐轉出滴滴藏匿的真象

　　　　　　　　　　　　2019年2月27日

10.之間

圖／文：蒼僕

你兀自說天空是藍的
我回以大地是綠色
我們各自堅持
直到一場風雪之後

2019年3月18日

參、【器物截句】限時徵稿 得獎作品20首

主辦：臺灣詩學季刊社

合辦：吹鼓吹詩論壇

策劃：facebook詩論壇（https://www.facebook.com/ groups/supoem/?fref=ts）

一、【評選說明】

　　本次徵稿時間：2019年5月18日起至6月15日。作品由作者自行貼在「facebook詩論壇」上，經統計共貼出989首詩。由複審委員靈歌、葉莎兩位詩人辛苦且仔細討論斟酌後，選出78首，再經由決審委員白靈、陳政彥兩位討論後由其中選出10首優勝、10首佳作。一次刊於吹鼓吹，分享予讀者。

二、得獎作品20首（按投稿網頁先後序）

A、優勝10首

057.〈拒馬〉／邱逸華

除了肉身你還能阻擋什麼？
野百合招展於月出的幽谷
太陽花怒放在向日的邊坡
而雨後，高樓與遠山間有虹跨過

2019年5月19日

254.〈椅子〉／朱名慧

直挺挺地坐著
像他一樣
空蕩蕩地望著
像你一樣

2019年5月22日

493.〈模子〉／無花

走過鋼索的人
不嘲笑虛線上顫動影子

我們皆有太多相似的過去
和過不去

2019年5月27日

721.〈子宮〉／邱逸華

被物化的編年史
起筆於一個受精容器
血的搖籃，營造復拆毀
倒出自己，成為帶著性別的人

2019年6月5日

724.〈香爐〉／莉倢

線香一端握著天上

另一端握著人間
一片荒漠　種下因緣
願望在此安營紮寨

　　　　　　　　　　　　　2019年6月5日

732.〈經書〉／胡淑娟

想必是
佛的眼睛
細讀每束光裡
飄浮著的一行行微塵

　　　　　　　　　　　　　2019年6月6日

780.〈魚鉤〉／聽雨

以記憶為餌，垂釣
上鉤的魚在掙扎
釣魚的人也在掙扎

　　　　　　　　　　　　　2019年6月8日

845.〈釣鉤〉／李昆妙

我是小小的問
你是閃躲的河
我，始終是小小的問
你，不再是單純的流

2019年6月11日

902.〈橡膠子彈〉／無花

自由還在
因為子彈是假的

真的坦克
還沒開來

2019年6月13日

944.〈夜燈〉／劉梅玉

在熄掉的房間裡

她將自己的寂寞點亮

以免再一次

被廣闊的黑夜絆倒

2019年6月15日

B、佳作10首

010.〈針線〉／胡淑娟

每個日子都是針尖

將謊言的絲線

縫合成一帖背叛的補丁

但露出的破綻卻是無法拆線的傷痕

2019年5月18日

015.〈鏡子〉／朱介英

鏡裡細雨濛迷

鏡外老淚縱橫

走過的風景和前面的道路
——在夢裡脫焦

2019年5月18日

027.〈手機〉／漫漁

咬了一口的蘋果
在伊甸園之外
找到屬於自己的
雲端

2019年5月18日

222.〈澆水器〉／梁傑

當你為世界佈施甘霖
我是在慢慢失去你
還是其實正在
漸漸擁有你

2019年5月21日

258.〈雙人床〉／朱名慧

用一個加大床包，收攏
兩個人的縫隙。背對背
一隻耳睡了另一隻耳
聽，鼾聲弛放一夜的寂寞

2019年5月22日

260.〈頌鉢〉／簡玲

緩緩，研磨
古老低沉的音頻
朝聖
悠遠的初我

2019年5月22日

315.〈蹺蹺板〉／姚於玲

像一檯天平
笨重的歲月悄悄爬上童年的另一邊

標尺上移動的游碼
試圖秤量日子走了多遠

2019年5月23日

413.〈爸爸的抽屜〉／朱名慧

關上打開，閃閃發亮
那些你最常複習的秘密

打開關上，你的肉身
劃開火光，飛向心之嚮往

2019年5月25日

476.〈手機〉／老鷹

小小的世界變大後
世界大大變小了

2019年5月27日

631.〈鏡子〉朱名慧

怎麼看我們都是反的
始終走不進彼此的世界
儘管我們那麼相像那麼深愛
同一個男子

2019年6月1日

肆、【茶之截句】限時徵稿
得獎作品20首

主辦：臺灣詩學季刊社

合辦：吹鼓吹詩論壇

策劃：facebook詩論壇（https://www.facebook.com/
　　　groups/supoem/?fref=ts）

一、【評選說明】

　　本次徵稿時間：2019年8月18日起至9月18日。作品由作者自行貼在「facebook詩論壇」上，經統計共貼出867首詩。由複審委員寧靜海、朱天兩位詩人辛苦且仔細討論斟酌後，選出80首，再經由決審委員蕭蕭、白靈兩位討論後由其中選出10首優勝、10首佳作。一次刊於吹鼓吹，分享予讀者。

二、得獎作品20首（按投稿網頁先後序）

A、優勝10首

024.〈焙茶〉／朱介英

蹲踞在牆腳　那一小撮炭火

毫無倦意地吐納著

水未開　壺未燙　杯未擺

就把青春烘滿斗室

2019年8月18日

068.〈功夫〉／漫漁

一盅封存的山嵐

一把曾經火了又水的紫泥

一個拉得很長　很慢　的午後

泡出一小杯　再一小杯　禪

2019年8月19日

106.〈易碎物〉／無花

玻璃罐中的茶王很東方
一道海峽隔開兩岸的緩坡地

有些香氣只沉在杯底
不以山的海拔攀比

2019年8月20日

233.〈瘦　長茶香〉／語凡

我起身離開
你說因何帶走一壺茶香
我說時光都被茶水泡瘦了
也不在乎茶香把回家的路拉長

2019年8月23日

270.〈茶〉／玉香

提壺灌頂之後

身心舒展

打出一套

詠春拳

2019年8月24日

279.〈品〉／子車干城

如茶葉旋落的沉穩而輕巧

如煙霧從杯緣溜去的悄無聲息

如茶香在舌尖蟄了又蟄

你的身影……

2019年8月24日

295.〈雨前茶〉／邱逸華

她們集體在驚蟄醒來

穀雨之前長好雀舌

尖聲嫩語說著八卦茶園裡

春天那些不堪入耳的心事

註：雨前茶指穀雨前所採的茶。

2019年8月25日

486.〈不溫不火〉／澤榆

以我們的關係來泡茶
恐怕壞了茶葉
出不了的茶味悶著
我們就繼續浮沉

2019年8月31日

643.〈茶亦非茶〉／林廣

魚鱗的沸　如約穿過我的身軀
還原你的與我的原始面貌
終於看清時間花崗石的硬度
心甘情願　在你全盲的掌心盛開

2019年9月7日

695.〈茶湯會〉／周駿城

天邊風雷隱隱揭開貝葉的梵唄
落雨聲篤篤落到湯裡遊動的木魚頭上
結了手印的球芽沸騰如蓮花舒放
一翻身就全都跳出五行之外

2019年9月10日

B、佳作10首

052.〈茶湯〉／簡玲

時間的雨
煮沸一片葉子
跋涉幾千年的神農
輕醒柔軟謙遜的水央

2019年8月19日

172.〈鴛鴦奶茶〉／朱名慧

在紅茶尚未遇見咖啡的清晨
他們的胃早就習慣，以三分英文
配上七分廣東話，再佐以淡奶
沖撞，似苦但甘將澀卻滑的港式底蘊

2019年8月21日

174.〈茶事〉／棋子

提起從前
白煙唇邊漫不經心
妳負責優雅
我負責沖淡

2019年8月21日

207.〈茶葉〉／吳國金豪

一生的浮浮沉沉，不能自己

2019年8月22日

274.〈前世與今生〉／簡玲

前世，你是茶樹

今生，我做茶人

烹沏起心動念的厚雪

提壺，灌頂繾綣的月光

2019年8月24日

393.〈煮茶要訣〉／語凡

問他如何泡一壺好茶

他說一季冬天的雪

三錢黃昏一錢微風

外加一段記憶，小小的故事

2019年8月27日

555.〈茶葉蛋之愛〉／胡淑娟

我們之間

沸騰以後冰藏冷卻

輕輕敲碎自尊的薄殼
裂痕讓愛入味

2019年9月3日

645.〈在公園喝茶〉／李瘦馬

舉杯，欲飲
你的杯水倒映天光
且慢，為你丟進幾句
清脆的鳥聲

2019年9月7日

667.〈老人茶〉／謝祥昇

不加糖的年紀，青春
全發酵

一口一小杯，歲月
總是回甘

2019年9月8日

691.〈隱喻〉／楚淨

蜷縮在狹窄的壺裡並不委曲
只等待你的熱情挹注
一寸一寸舒展開來
我的心像高山流水般的遼闊

　　　　　　　　　　　　　2019年9月10日

伍、四次截句競寫徵文辦法

A.2018年第三回截句競寫【禪之截句徵稿】

主辦：聯合報副刊

合辦：臺灣詩學季刊社

策劃：聯副文學遊藝場（http://blog.udn.com/
　　　lianfuplay/article）
　　　facebook詩論壇（https://www.facebook.com/
　　　groups/supoem/?fref=ts）

一、徵詩主題

「禪之截句」，題目可自訂。

二、辦法

1.徵1至4行的截句詩創作形式，以具禪意之生活情境、或體悟的心境、或禪宗公案為創作題材。

2.均可自行命題，若為禪宗公案請附簡註或相關資訊之網址更佳。

3.需以中文寫作。歡迎參與競寫投稿，不限多少首。請在聯副部落格「禪之截句」徵稿辦法下，以「回應」的方式貼文（本活動不接受其他方式投稿）。貼文主旨即為標題，文末請附上e-mail信箱。每人不限投稿篇數，但同一投稿者請勿連續貼出稿件。

三、徵稿時間

9月20日上午8:00:00起至10月15日晚上11:59:59止。

四、說明

1.聯合副刊將與臺灣詩學季刊社駐站詩人評選出10首得獎作品，經複審及決審兩級，複審時在9月30

日、10月10日、19日分別選15~20篇入圍的截句同步刊於「聯副文學遊藝場」網頁及「facebook詩論壇」。10首得獎作品於11月3日一次刊於《聯合報副刊》，由聯副支付每首稿酬1000元。另於當日中午12時正公佈並刊於《facebook詩論壇》。

2.徵稿期限之前或之後貼出的稿件、以及臺灣詩學季刊社同仁的投稿不列入評選。投稿作品切勿抄襲，得獎名單揭曉前作者不得另於其他媒體（含聯副部落格以外之網路平台）發表。作品一旦貼出，不得要求主辦單位撤除貼文。投稿者請留意信箱，主辦單位將電郵發出優勝通知，如通知不到作者，仍將公佈金榜。

3.由兩位駐站詩人負責評選：蕭蕭、白靈

4.「截句」一詞自南朝即有，有一說截律詩而成絕句。此處借用此詞（大陸詩壇一度也曾借用），可新作，可截舊作，並稍潤飾。相關資訊可請讀者上網，查詢「臺灣詩學季刊社」的臉書創作版網頁《facebook詩論壇》之置頂文。

五、禪之截句舉例

需完全符合下列形式，才列入評審：

【禪之截句】

〈花之非花與非非花〉／蕭蕭

流水一直在砂土間穿梭
撩動樹的腳底與慾望

花，卻選擇亮在最高的枝頭上

【禪之截句】

〈鼻孔向下〉／蕭蕭

怎麼安排，都不會這麼精彩！

所有的水奔向大海

所有的海　玩著堆高浪花的戲碼
所有的浪都白

〔附註〕明末憨山德清禪師（1546-1623）偈語：「死生
　　　　晝夜，水流花謝；今日乃知，鼻孔向下。」

（參見http://wemedia.ifeng.com/70481919/wemedia.shtml）

【禪之截句】

〈飛〉／白靈

赤腰燕在簷下啁啾了一上午
南飛時蝴蝶了一地的黑影，漸遠
漸滅，那是牠戲玩地心引力的方式

人住影子裡如何實玩又減去影子呢？

＊上述徵稿辦法，若有遺漏處，將隨時增修公佈。
　（2018／09／03）

B.2019第一回截句競寫【攝影截句徵稿】

主辦：臺灣詩學季刊社

合辦：吹鼓吹詩論壇

策劃：facebook詩論壇（https://www.facebook.com/
　　　groups/supoem/?fref=ts）

一、徵詩主題

「攝影截句」，題目可自訂。

二、辦法

1. 徵1至4行的截句詩創作形式，以具創意之各類景物及生活情境的照片為題材或想像衍仲，寫詩創作。

2. 均可自行命題，攝影作品需為自拍、或他人同意合作、具版權之照片。

3. 需以中文寫作，並需圖文並列發表，圖片可再製作或拼貼。歡迎參與競寫投稿，不限多少首。請先加入《facebook詩論壇》社團，並直接貼上該版發

表，一發表即不能編改。其形式需置【攝影截句】一詞於詩題前，詩題後並另加圖及文作者發表筆名。無法完全符合者，將不列入評審。

三、徵稿時間

2月26日上午8:00:00起至3月20日晚上11:59:59止。

四、說明

1.選出優勝10首、佳作10首，優勝作品可任選已出版38本之臺灣詩學「截句詩系」中任何4本，佳作2本（詩系書目請參看：https://store.showwe.tw/category.aspx）。競寫經複審及決審兩級，於3月底公佈名單於《facebook詩論壇》及網站《吹鼓吹詩論壇》，圖文作品則一次刊於六月號出刊之紙本詩刊第37期《吹鼓吹詩論壇》「截句卷」中，並另贈該期刊物一冊。稿件請勿抄襲，貼版後在公佈評審結果前，不可再發表該作品於其他平台網頁及個人網頁。臺灣詩學同仁可po詩圖，但不列入評選範圍。

2. 入選20首詩（含圖）也將另載於臺灣詩學預定編印之《2019年截句新選》（暫擬）一書，得獎者需另提供1M以上之照片電子檔，在年底前出版，作者贈書乙冊，不另支轉載費。（故入選者共可獲贈4~6冊書籍）

3. 「截句」一詞自南朝即有，有一說截律詩而成絕句。此處借用此詞（大陸詩壇一度也曾借用），可新作，可截舊作，並稍潤飾。相關資訊可請讀者上網，查詢「臺灣詩學季刊社」的臉書創作版網頁《facebook詩論壇》之置頂文。

五、截句舉例

需完全符合下列形式，才列入評審

【攝影截句】

〈台東的樣子〉／圖及文：作者名

（或文：XXX／圖：XXX）

聞到卑南溪撥開嶙岣石頭

打開水花的　香

有呼吸聲　是鹿野老屋古木窗

正輕鬆吹開　時間

＊上述徵稿辦法，若有遺漏處，將隨時增修公佈。

（2019年2月23日）

C.2019第二回截句競寫【器物截句徵稿】

主辦：臺灣詩學季刊社

合辦：吹鼓吹詩論壇

策劃：facebook詩論壇（https://www.facebook.com/
groups／supoem/?fref=ts）

一、徵詩主題

「器物截句」，題目可自訂。

二、辦法

1.徵1至4行的截句詩創作形式，以生活所需之各種器
具、文物與科技發明為題材或想像衍伸，寫詩創
作。可截舊作，但需附原詩。

2.均可自行命題，作品若具可書寫於該描述器物者更
佳（能連結網路相關器物示例時可加註連結並稍
說明，如後面截句舉例。或家中器物拍照亦可附照
片），但即使無此功用亦無妨。

3.需直接貼於此辦法下方的留言欄接續流水編號發
　表（001～），一發表即不能編改。需以中文寫
　作，歡迎參與競寫投稿，不限多少首。請先加入
　《facebook詩論壇》社團，其形式需置流水編號＋
　【器物截句】一詞於題前，詩題後並另加作者發表
　筆名。無法完全符合者，將不列入評審。

三、徵稿時間

5月18日上午8:00:00起至6月15日晚上11:59:59止。

四、說明

1.選出優勝10首、佳作10首，優勝作品可任選已出版
　38本之臺灣詩學「截句詩系」中任何4本，佳作2本
　（詩系書目請參看：https://store.showwe.tw/search.
　aspx?q=%E6%88%AA%E5%8F%A5）。競寫經複審
　及決審兩級，於7月初公佈名單於《facebook詩論
　壇》及網站《吹鼓吹詩論壇》，作品則一次刊於9月
　號出刊之紙本詩刊第38期《吹鼓吹詩論壇》「截句

卷」中，並另贈該期刊物一冊。稿件請勿抄襲，貼版後在公佈評審結果前，不可再發表該作品於其他平台網頁及個人網頁。臺灣詩學同仁可po詩圖，但不列入評選範圍。

2.入選20首詩（含圖）也將另載於臺灣詩學預定編印之《2019臉書截句選》（暫擬）一書，在年底前出版，作者贈書乙冊，不另支轉載費。（故入選者共可獲贈4~6冊書籍）

3.「截句」一詞自南朝即有，有一說截律詩而成絕句。此處借用此詞（大陸詩壇一度也曾借用），可新作，可截舊作，並稍潤飾。相關資訊可請讀者上網，查詢「臺灣詩學季刊社」的臉書創作版網頁《facebook詩論壇》之置頂文。

五、截句舉例

需完全符合下列形式，才列入評審。

001【器物截句】

〈茶杯〉／作者名

香氣在水煙中喧囂

如何方有天地之胸襟

等待碰到舌尖的歲月

靈魂微苦　　心事蔓生

註：茶杯四盞，每杯環寫一句，如下連結的杯具：
　　https://www.google.com/imgres…

＊上述徵稿辦法，若有遺漏處，將隨時增修公佈。

　（2019年5月13日）

D.2019第三回截句競寫【茶之截句徵稿】

主辦：臺灣詩學季刊社

合辦：吹鼓吹詩論壇

策劃：facebook詩論壇（https://www.facebook.com/
　　　groups/supoem/?fref=ts）

一、徵詩主題

「茶之截句」，題目可自訂。

二、辦法

1.徵1至4行的截句詩創作形式，凡與茶相關的題材或
　想像衍伸，均可寫詩創作。可截舊作，但需附原
　詩。均可自行命題。

2.需直接貼於此辦法下方的留言欄接續流水編號發
　表（001～），一發表即不能編改。需以中文寫
　作，歡迎參與競寫投稿，不限多少首。請先加入
　《facebook詩論壇》社團，其形式需置流水編號＋
　【茶之截句】一詞於題前，詩題後並另加作者發表
　筆名。無法完全符合者，將不列入評審。

三、徵稿時間

8月18日上午8:00:00起至9月18日晚上11:59:59止。

四、說明

1. 選出優勝10首、佳作10首，優勝作品可任選已出版38本之臺灣詩學「截句詩系」中任何4本，佳作2本（詩系書目請參看：https://store.showwe.tw/search.aspx?q=%E6%88%AA%E5%8F%A5）。競寫經複審及決審兩級，於8月底或9月初公佈名單於《facebook詩論壇》及網站《吹鼓吹詩論壇》，作品則一次刊於12月號出刊之紙本詩刊第39期《吹鼓吹詩論壇》「截句卷」中，並另贈該期刊物一冊。稿件請勿抄襲，貼版後在公佈評審結果前，不可再發表該作品於其他平台網頁及個人網頁。臺灣詩學同仁可po詩，但不列入評選範圍。

2. 入選20首詩也將另載於臺灣詩學預定編印之《不枯萎的鐘聲：2019臉書截句選》一書，在年底前出

版，作者贈書乙冊，不另支轉載費。（故入選者共
可獲贈4~6冊書籍）

3.「截句」一詞自南朝即有，有一說截律詩而成絕
句。此處借用此詞（大陸詩壇一度也曾借用），可
新作，可截舊作，並稍潤飾。

五、截句舉例

需完全符合下列形式，才列入評審：

001（流水編號）【茶之截句】

〈泡茶〉／作者名
割捨了青山　湖水裡狂舞
要怎樣的折磨才得以自由翻轉
恬然地輕吐　破曉的顏色

茶香是心最奧秘的避風

＊上述徵稿辦法，若有遺漏處，將隨時增修公佈。
（2019／08／11）

作者索引

蕭郁璇 整理

說明：

1. 本索引為方便上網搜尋，乃按作者在臉書上的取名方式排列，括弧中並附此截句選集中的筆名，日期按發表年／月／日。

2. 因本選集中輯一至輯六的每首詩末均附年月日，故索引如'19/01/12即2019年1月12日，查詢詩作請按年及月份，如2018年7月及8月，在輯一查詢，逐日尋索即可。如2019年1月及2月，在輯四查詢，逐日尋索即可，以此類推。

3. 截句徵文的得獎作品「禪之截句」十首、及「攝影截句」、「器物截句」、「茶之截句」各二十首，均見輯七，詩末並另附年月日，查詢方式同上。

語言文學類　截句詩系42　PG2379

不枯萎的鐘聲：
2019年臉書截句選

主　　　編/白　靈
責任編輯/鄭夏華、石書豪
圖文排版/周妤靜
封面設計/劉肇昇

發 行 人/宋政坤
法律顧問/毛國樑　律師
出版發行/秀威資訊科技股份有限公司
　　　　　114台北市內湖區瑞光路76巷65號1樓
　　　　　電話：+886-2-2796-3638　傳真：+886-2-2796-1377
　　　　　http://www.showwe.com.tw
劃撥帳號/19563868　戶名：秀威資訊科技股份有限公司
　　　　　讀者服務信箱：service@showwe.com.tw
展售門市/國家書店（松江門市）
　　　　　104台北市中山區松江路209號1樓
　　　　　電話：+886-2-2518-0207　傳真：+886-2-2518-0778
網路訂購/秀威網路書店：https://store.showwe.tw
　　　　　國家網路書店：https://www.govbooks.com.tw

2019年12月　BOD一版
定價：480元

國家圖書館出版品預行編目

不枯萎的聲音：2019臉書截句選 / 白靈主編. --
　一版. -- 臺北市：秀威資訊科技, 2019.12
　　　面；　公分. -- (語言文學類) (截句詩系；
42)
　　BOD版
　　ISBN 978-986-326-755-3(平裝)

863.51　　　　　　　　　　　　108021473

讀 者 回 函 卡

感謝您購買本書，為提升服務品質，請填妥以下資料，將讀者回函卡直接寄回或傳真本公司，收到您的寶貴意見後，我們會收藏記錄及檢討，謝謝！
如您需要了解本公司最新出版書目、購書優惠或企劃活動，歡迎您上網查詢或下載相關資料：http:// www.showwe.com.tw

您購買的書名：_____

出生日期：_____年_____月_____日

學歷：□高中 (含) 以下　　□大專　　□研究所 (含) 以上

職業：□製造業　□金融業　□資訊業　□軍警　□傳播業　□自由業

　　　□服務業　□公務員　□教職　　□學生　□家管　　□其它_____

購書地點：□網路書店　□實體書店　□書展　□郵購　□贈閱　□其他

您從何得知本書的消息？

　□網路書店　□實體書店　□網路搜尋　□電子報　□書訊　□雜誌

　□傳播媒體　□親友推薦　□網站推薦　□部落格　□其他_____

您對本書的評價：（請填代號　1.非常滿意　2.滿意　3.尚可　4.再改進）

　封面設計___　版面編排___　內容___　文／譯筆___　價格___

讀完書後您覺得：

　□很有收穫　□有收穫　□收穫不多　□沒收穫

對我們的建議：_____

_____

_____

_____

11466
台北市內湖區瑞光路 76 巷 65 號 1 樓

秀威資訊科技股份有限公司　　　收

BOD 數位出版事業部

⋯⋯⋯⋯⋯⋯⋯⋯⋯⋯⋯⋯⋯⋯⋯⋯⋯⋯⋯⋯⋯

（請沿線對折寄回，謝謝！）

姓　　名：＿＿＿＿＿＿＿　年齡：＿＿＿　性別：□女　□男

郵遞區號：□□□□□

地　　址：＿＿＿＿＿＿＿＿＿＿＿＿＿＿＿＿＿＿

聯絡電話：(日)＿＿＿＿＿＿＿　(夜)＿＿＿＿＿＿＿

E-mail：＿＿＿＿＿＿＿＿＿＿＿＿＿＿＿＿＿